TRIO

Antur yr Eisteddfod

Manon Steffan Ros

TRIO

Antur yr Eisteddfod

Lluniau gan Huw Aaron

Cyhoeddwyd gyntaf yng Nghymru yn 2020 gan
Atebol, Adeiladau'r Fagwyr, Llanfihangel Genau'r Glyn,
Aberystwyth, Ceredigion SY24 5AQ

www.atebol-siop.com

ISBN 978-1-913245-23-8

Dyluniwyd gan Dylunio GraffEG

Golygwyd gan Adran Olygyddol Cyngor Llyfrau Cymru

Dymuna'r cyhoeddwr gydnabod cymorth ariannol Cyngor Llyfrau Cymru

Argraffwyd a rhwymwyd yng Nghymru

I Buddug Siôn Owens a Mabli Gwen Owens

Dyma Clem, Dilys a Derec. Maen nhw wedi bod yn ffrindiau ers amser maith. Maen nhw'n benderfynol o fod yn griw anturus a llwyddiannus, fel clybiau mewn llyfrau hen ffasiwn ...

Mae Clem am gael ei alw'n CLEM CLYFAR! Fo sy'n gwybod popeth am bopeth, a'i feddwl chwim yn gallu datrys unrhyw gliw ...*

* Yn anffodus, dydy Clem ddim mor glyfar â mae o'n meddwl. Tan y llynedd, roedd o'n meddwl fod brocoli yn fath o goeden fach fach.

Mae Dilys am i bawb ei galw'n DILYS DDYFEISGAR! Mae'n dyfeisio pob math o bethau anhygoel yng ngarej ei chartref.*

* Mae dyfeisiadau Dilys yn wirion bost. Unwaith, fe ddyfeisiodd fath o feicrodon cymleth a drud oedd ond yn coginio tost – cyn i'w mam ei hatgoffa fod rhywun wedi dyfeisio tostyrs, a hynny flynyddoedd yn ôl.

Derec ydy hwn – DEREC DYNAMO, fel mae o'n hoffi cael ei adnabod. Mae o am fod fel archarwr, yn gryf fel tarw ac yn gallu rhedeg yn gyflymach, neidio'n uwch a dringo'n well na phawb arall.*

* Mewn gwirionedd, yr unig beth mae Derec druan yn ei wneud yn well na neb arall ydy bwyta hufen iâ. Ei hoff flas ydy mefus, ac mae o'n meddwl fod hufen iâ mefus yn iach am fod mefus yn ffrwyth.

Gyda'i gilydd, mae'r tri ffrind annwyl ac anobeithiol yma wedi ffurfio grŵp antur ... CLEM, DILYS A DEREC YW TRIO!

Pennod 1

Roedd hi'n ddydd Gwener braf yng ngwyliau'r haf, ac roedd Trio yn llawn cyffro. Bu'r tri yn edrych ymlaen ers misoedd at y diwrnod hwn am eu bod nhw'n cael trip arbennig gyda mam Clem.

'Yr Eisteddfod!' meddai Dilys Ddyfeisgar. Roedd y tri ffrind a mam Clem yn eistedd gyda'i gilydd ar drên, ac roedd hynny'n ddigon o gyffro ynddo ei hun – achos mae pawb yn hoffi trip ar y trên. 'Fedra i ddim aros!'

'Ydy hi fel eisteddfod yr ysgol?' gofynnodd Derec Dynamo.

'Ew nac ydy,' atebodd mam Clem. 'Mae 'na gystadlu, wrth gwrs, ond mae 'na lawer mwy na hynny yn yr Eisteddfod Genedlaethol. Mae o mewn cae mawr, ac mae 'na stondinau bach i chi gael prynu pethau ...'

'A bwyd! Ac mae 'na ffair,' ychwanegodd Clem Clyfar.

'A llefydd i weld celf, a lle i chwarae pêl droed ... Mae 'na lwythi o bethau i'w gwneud!' aeth Mam yn ei blaen. 'Byddwch chi wrth eich boddau!'

Roedd Clem Clyfar, Dilys Ddyfeisgar a Derec Dynamo yn gwneud popeth gyda'i gilydd, ac yn mynd i bob man gyda'i gilydd. Roedden nhw'n ffrindiau gorau ers blynyddoedd, ac ers iddyn nhw ddechrau eu criw, Trio, roedd y tri'n cael anturiaethau gyda'i gilydd o hyd.

Anturiaethau fel ...

• Ceisio helpu cath ddi-flew oedd wedi mynd yn sownd gyda phowlen ar ei phen a'i hannog i golli pwysau drwy greu campfa gathod, gwneud ymarfer corff a bwyta llawer o letys. Roedd hyn tan i rywun egluro mai crwban oedd o, nid cath mewn powlen.

• Ymchwilio i ddirgelwch mawr pan gafwyd hyd i filoedd o bunnoedd mewn bocs yn nhŷ ewythr Derec. Roedd y tri'n siŵr mai trysor môr-ladron oedd o (gan fod ewythr Derec yn byw ar lan afon), tan i Yncl Bob egluro mai arian ffug o'r gêm Monopoly oedd o.

• Treulio penwythnos cyfan yn edrych am leidr llefrith dieflig, ar ôl i Miss Jones o'r ysgol ddweud fod ei llaeth hi wedi mynd ar goll. Dilynodd Trio hen wraig oedd yn cario potel enfawr o lefrith i lawr y stryd ... nes iddi droi a chyfarth arnyn nhw. Dim ond pryd hynny y sylweddolodd y tri ffrind fod Miss Jones wedi dweud iddi golli ei llais, nid colli ei llaeth.

Ond er bod Trio yn treulio cymaint o amser gyda'i gilydd, doedd Dilys Ddyfeisgar na Derec Dynamo erioed wedi bod i'r Eisteddfod Genedlaethol o'r blaen.

'Wrth gwrs, cystadleuaeth goginio oedd yr Eisteddfod i ddechrau,' meddai Clem Clyfar yn hollwybodus. 'Roedd pobl o bob rhan o Gymru yn dod yno i goginio, ac wedyn roedd yr enillydd yn cael bwyta popeth.'

'Bobl bach! Doedd o ddim yn mynd yn sâl?' gofynnodd Dilys Ddyfeisgar mewn penbleth.

'Wel, oedd, weithiau,' atebodd Clem. 'Dyna pam fod prif enillydd yr Eisteddfod angen cadair – am ei fod o'n gorfod eistedd ar ôl bwyta gormod. Wyddoch chi o ble mae'r gair 'eisteddfod' yn dod?'

'Ble?' gofynnodd Mam, oedd bob tro'n falch iawn, iawn o'i mab Clem, oedd wastad yn swnio fel petai o'n gwybod pob dim am bopeth.

'Wel, eisteddFOL oedd o i ddechrau! Ac mae'r gair yna'n dal i gael ei ddefnyddio, a 'REISTEDDFOL' hefyd, os ydy rhywun yn cael gormod o gyrri a reis yn yr Eisteddfod.' *

* Fe fyddwch chi'n siŵr o fod yn gwybod mai lol llwyr ydy hyn. Doedd yr Eisteddfod erioed yn gystadleuaeth goginio. A does 'na ddim ffasiwn air â 'reisteddfol'. Gwell peidio â'i ddefnyddio, neu bydd pobl yn edrych arnoch chi'n wirion.

'Bobl bach! Wyddwn i ddim am hyn i gyd! Yn dwyt ti'n hogyn bach clyfar, Clemi-wemi-w?'

'Hei! Be 'di hwnna fan'cw?' gofynnodd Dilys wrth bwyntio drwy'r ffenest. Roedd yr adeilad gwyn yn edrych fel cyfuniad o ysbyty a phabell, ac roedd o'n edrych yn rhyfedd iawn.

'Dyna'r pafiliwn! 'Dan ni bron yna!' bloeddiodd Clem yn llawn cyffro.

Pennod 2

Doedd mam Clem ddim yn gwisgo colur yn aml, ond roedd ei gwefusau hi'n binc, binc a blew ei llygaid yn las, las ar gyfer ei diwrnod yn yr Eisteddfod. Gwisgai'n wahanol hefyd, yn grand iawn. Dywedodd wrth y plant y byddai'n cwrdd â nhw ar ddiwedd y pnawn, ac i ffwrdd â hi i grwydro o gwmpas y stondinau.

Roedd Trio wrth eu boddau. Roedd cymaint i'w wneud yn yr Eisteddfod, a chymaint i'w weld!

'Dyma'n UNION y math o le sydd angen Trio!' meddai Derec Dynamo, gan syllu o'i gwmpas. ''Dan ni'n siŵr o ddod o hyd i ddirgelwch ac antur yn fa'ma!'

'Yn sicr,' nodiodd Dilys Ddyfeisgar. 'Be am i ni ...?'

Ond chafodd Dilys ddim gorffen ei brawddeg. Roedd Derec Dynamo yn gwneud sŵn rhyfedd iawn. Roedd o'n rhywbeth tebyg i hyn: 'Maaaaaaaaaaaaaaiiiiiiingaaaaaaaiiii.'

'Mam bach! Wyt ti'n iawn?' gofynnodd Clem mewn braw.

'Wffffffaaaaaaawiiiiiiii!' atebodd Derec, a phwyntiodd draw at un o'r stondinau.

Y tu allan i'r stondin gwerthu tlysau, safai dyn mawr, sgwâr. Roedd o'n dal llwyth o fagiau, ac roedd o'n chwerthin wrth siarad gyda chriw o bobl.

'Dwi'm yn deall – pwy ydy o?' gofynnodd Dilys.

'Pwy ydy o? *Pwy ydy o*?!' meddai Derec, heb dynnu ei lygaid oddi ar y dyn. 'Ken Wyn Jones – y chwaraewr rygbi gorau AR WYNEB Y DDAEAR – dyna pwy ydy o!'

'Ooooo ia!' meddai Dilys. 'Hei, dim fo wnaeth sgorio'r cais 'na
yn erbyn ...?'

Ond roedd Derec wedi mynd. Cerddodd yn syth at Ken Wyn
Jones, ac aeth ar ei liniau o'i flaen. 'Ooooo Ken annwyl, pleser
mwyaf fy mywyd ydy cael bod yma
a dy weld di ...'

Syllodd Ken Wyn Jones arno mewn embaras. 'Ar dy dra'd nawr, byt, so ti moyn baw ar dy benglinie.'

Nid Ken Wyn Jones oedd yr unig berson enwog a welodd Trio'r bore hwnnw. Erbyn diwedd y dydd, roedd gan Clem Clyfar lofnod Gwawr Elliw, dynes oedd ar y newyddion bron bob nos yn dweud pethau clyfar ...

A chafodd Dilys hunlun gyda Dr Castan Thomas, un o'r gwyddonwyr mwyaf adnabyddus yng Nghymru ...

A chwarae teg iddo, er bod Ken Wyn Jones wedi dychryn ychydig o glywed bod Derec yn meddwl mai fo oedd y person gorau yn y byd, ysgydwodd ei law ac rhoi ei lofnod ar fraich Derec gyda beiro du.

'Mae'r Eisteddfod yn ANHYGOEL!' meddai Dilys, oedd wedi gwirioni. 'Dwi eisiau dod yn ôl bob wythnos!'

'Hei, edrychwch ar y boi 'na! Mae o'n edrych yn od iawn ...' Pwyntiodd Derec draw at ddyn oedd yn brasgamu dros faes yr Eisteddfod. 'Mae o'n siŵr o fod yn gwneud rhywbeth drygionus! Tybed a wnaeth o ddwyn y mwclis enfawr 'na sydd rownd ei wddw?'

'Twpsyn!' chwarddodd Clem Clyfar. 'Yr Archdderwydd ydy hwnna! Fo ydy'r dyn pwysicaf yn yr Eisteddfod!'

'Pam fod o'n gwisgo fel 'na?' holodd Dilys yn amheus.

'Mae'r Archdderwydd yn rhyw fath o ninja Cymraeg, a dyna ydi gwisg traddodiadol ninjas Cymraeg.'

Syllodd Derec Dynamo ar yr Archdderwydd yn llawn edmygedd.

'Dydy o ddim yn edrych yn hapus iawn,' meddai Clem Clyfar. 'Be am i ni fynd i weld be sydd o'i le? Efallai ei fod o angen help gan Trio!'

Felly i ffwrdd â'r tri ar ôl yr Archdderwydd. Roedd o bellach yn sgwrsio gyda dyn mewn siwt, ac roedd y ddau yn edrych yn ddigalon iawn.

Cododd Clem Clyfar ei fys at ei wcfus i wneud yn siŵr fod Derec a Dilys yn cadw'n dawel. Dim ond dwy frawddeg glywodd y tri, ond roedd dwy frawddeg yn ddigon.

'... ac mae Seremoni'r Cadeirio pnawn 'ma!' meddai'r Archdderwydd wrth y dyn mewn siwt. 'Ond fedrwn ni ddim cadeirio heb Gadair! Does dim sôn amdani – mae rhywun wedi mynd â hi!'

Edrychodd Trio ar ei gilydd, eu llygaid yn llydan fel soseri.

Pennod 3

'Dwi'm yn deall beth yw'r ffys,' meddai Derec. 'Dim ond cadair ydy hi! Dewch, awn ni i chwilio am fwy o chwaraewyr rygbi.'

'Dim ond cadair? *Dim ond cadair?!*' Doedd Clem Clyfar ddim yn gallu credu geiriau Derec. 'Mae'r Gadair yn hollbwysig!'

'Ond pam?! Mae 'na filoedd o gadeiriau yn y byd! Miliynau! Dacw un yn fanna ... A fanna ... A fanna!'

'Ond mae'r Gadair yma'n un arbennig. Mae'r bardd gorau un yng Nghymru yn ei hennill hi, ac mae'n anhygoel. Mae hi'n un o'r rheiny sy'n gallu gwyro'n ôl er mwyn i chi orwedd ynddi hi ... Mae 'na beiriant popcorn yn rhan ohoni hi, a pheiriant pop hefyd ... Mae hi'n gallu chwarae unrhyw fiwsig dach chi'n dewis ac mae'r coesau'n cerdded, yn eich symud o le i le.' *

'Waw!' ebychodd Dilys. 'Mae'n rhaid i ni ddod o hyd iddi! A hynny cyn gynted â phosib – mae'r bardd i fod i ennill y Gadair pnawn 'ma!'

* Yn anffodus, dydy hyn ddim yn wir.

Ar hynny, gwelodd Trio rywbeth rhyfedd iawn ar faes yr Eisteddfod. Roedd dyn yn rasio'n gyflym gan wibio y tu cefn i'r stondinau, a'i wyneb yn goch i gyd.

'Dyna chi'n cliw cyntaf ni!' llefodd Clem. 'Mae'r dyn yna'n edrych yn euog! Pam fyddai unrhyw un yn rhedeg ar faes yr Eisteddfod?'

'Dewch! Ar ei ôl o!' bloeddiodd Dilys.*

*Wrth gwrs, roedd hyn yn beth gwirion bost i'w wneud. Dydy'r ffaith fod rhywun yn rhedeg ddim yn golygu ei fod yn ddihiryn. Mae 'na lawer iawn o resymau dros redeg – bod yn hwyr, rhedeg ar ôl ci sydd wedi dianc, neu fod eisiau pi-pi.

'Lle mae o?' gofynnodd Dilys a'i phen yn troi i bob cyfeiriad. Doedd dim golwg o'r dyn.

'Dacw fo!' Pwyntiodd Clem. 'Ond mae o'r ochr draw i'r ffens yna! Ac mae hi'n llawer rhy uchel i'w dringo!'

'A-ha! Does dim angen i chi boeni! Mae DEREC DYNAMO yma!'

Aeth Derec i'w fag, a thynnu ei git Derec Dynamo allan, sef:

*Trôns i wisgo dros ei drowsus;

*Penwisg arbennig efo D am Derec arno;

*Mantell oedd wedi'i gwneud o lenni hen ffasiwn o dŷ ei nain. (Roedd y lliwiau braidd yn llachar ac roedd tyllau ar ei waelod.)

Ac mewn dim o dro, nid Derec oedd o, ond ... DEREC DYNAMO!

Aeth Derec Dynamo at y ffens, ac edrych i fyny. Roedd hi'n goblyn o ffens uchel, ond doedd dim ots gan Derec; wedi'r cyfan, fo oedd y person mwyaf cryf, mwyaf cyflym, a'r dringwr gorau yn y byd!*

*yn ei farn o.

Dechreuodd Derec ddringo. Rhoddodd un droed ar y ffens, ac un llaw, yna'r droed arall, a'r llaw arall. Ond wedyn, aeth o'n sownd. Edrychai'n rhyfedd iawn, fel hyn:

'Peidiwch â phoeni! Dwi'n iawn!' galwodd Derec ar Dilys a Clem. Doedd Dilys a Clem ddim yn poeni o gwbl. 'Dwi'n gwybod 'mod i'n uchel, ond does gen i ddim ofn!' galwodd wedyn. Ond doedd o ddim ond rhyw fodfedd oddi ar y ddaear.

'Hei! Mae 'na giât yn fa'ma!' Brysiodd Dilys drwy'r giât, a dilynodd Clem – ond nid cyn iddo helpu Derec i lawr o'r ffens. Roedd Derec wedi blino'n lân. Wedi'r cyfan, roedd o newydd fod yn gafael mewn ffens am o leiaf 30 eiliad ...

Brysiodd Trio a llwyddo i gyrraedd at y dyn. Roedd ganddo farf ac roedd ei wyneb yn goch fel tomato.

'HEI!' gwaeddodd Derec Dynamo.

Neidiodd y dyn. 'Bobl bach!' meddai mewn braw. 'Beth y'ch chi'n gwneud, yn gweiddi fel 'na?!'

'Rydach chi'n gwrido!' meddai Derec yn fuddugoliaethus. 'Dach chi 'run lliw â thrwyn Mr Urdd! Teimlo'n euog, ydych chi?'

'Euog?!' atebodd y dyn mewn penbleth. 'Euog? Wel nagw, siŵr. Wedi bod yn rhedeg odw i!'

'A-ha!' meddai Derec gyda gwên. 'Wedi bod yn rhedeg i ffwrdd oddi wrth yr Archdderwydd, ia? Deudwch wrtha i, ydych chi'n gwybod unrhyw beth am gadair?'

'Cadair? Wn i ddim am beth y'ch chi'n sôn ... A doeddwn i ddim yn rhedeg i ffwrdd oddi wrth neb!'

'O ...' Teimlai Derec yn siomedig am eiliad, ac ychydig bach yn wirion. Tan i'r dyn ddweud,

'Wel, na. Dwi'n gweud celwydd am hynny. Ro'n i *yn* rhedeg i ffwrdd ...'

'A-ha, ro'n i'n iawn!' bloeddiodd Derec. 'Chi YDY'R lleidr, felly!'

'Lleidr? Nagw i!' atebodd y dyn. 'Ro'n i'n rhedeg i ffwrdd er mwyn osgoi un o fy hen ffrindiau ysgol! Hen dwpsyn yw e, sydd yn mynd mlân a mlân am faint o arian sydd 'da fe. *W mae car newydd gen i ac Ooo mae'r watsh hon werth mil o bunne.* Sa i moyn gweld e!'

I ffwrdd â'r dyn yn flin, a'i lygaid yn dal i chwilio am y dyn roedd o'n osgoi.

Teimlai Derec braidd yn ffôl ...

Pennod 4

'Mae'n RHAID i ni ddod o hyd i'r Gadair!' meddai Clem Clyfar yn bendant. 'Neu dyma fydd yr Eisteddfod waethaf erioed!'

'Dydy hi ddim mor ddrwg â hynny,' meddai Dilys Ddyfeisgar.

'O yndi mae hi! Mae'n waeth nag Eisteddfod Genedlaethol Abergwaun yn 1986, pan ddaeth criw mawr o fôr-ladron i gystadlu mewn côr, a chanu caneuon oedd yn llawn rhegi …'

'Mae'n waeth nag Eisteddfod Genedlaethol y Bala yn 1997, pan ddechreuodd criw enfawr o bobl ifanc frwydr fwyd enfawr. Mae rhai ohonyn nhw'n dal i ddrewi o sos coch ...'

'Mae'n waeth, hyd yn oed, nag Eisteddfod Genedlaethol Meifod yn 2015 pan benderfynodd y brain lleol nad oedden nhw'n hoffi'r cerdd dant a gorchuddio'r eisteddfod i gyd efo pw aderyn!'*

*Mae hyn yn swnio'n ofnadwy, yn dydy? Mi fyddai o'n ofnadwy petai o'n wir. Roedd Eisteddfodau'r Bala, Abergwaun a Meifod yn fendigedig, yn enwedig Meifod, oedd yn braf iawn heb frain O GWBL.

'Dydy hi ddim yn hawdd iawn i bobl ddwyn cadair, nac ydy?' meddai Dilys yn feddylgar. 'Mae cadair yn beth mawr! Byddai rhywun yn siŵr o sylwi ar leidr yn stryffaglio efo clamp o gadair drwy ganol maes yr Eisteddfod!'

'Mae hynny'n wir ...'

'DYNA FO!' bloeddiodd Clem Clyfar, gan neidio ar ei draed.

'Dyna'r ateb! A fi, Clem Clyfar, sy'n mynd i ddatrys y dirgelwch!'

Aeth i'w fag a thynnu ei git allan, sef:

- Côt wen, fel bydd gwyddonwyr mewn labordy yn gwisgo. Roedd hi braidd yn fawr i Clem, ac yn llusgo ar y llawr.

- Coron wedi'i gwneud o lawer o bensiliau wedi sticio at ei gilydd.

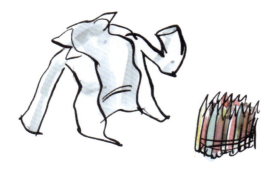

- Pentwr o lyfrau. (Doedd neb yn hoffi dweud nad llyfrau am wyddoniaeth, na mathemateg, na hanes oedd y llyfrau yma, ond hen gopïau o lyfrau cyfres o'r enw Pierce. Roedden nhw'n straeon am geffyl du o'r enw Pierce, oedd yn achub plant bach oedd ar goll ac yn diffodd tanau mewn tai, a phethau na fyddai ceffyl byth yn gallu eu gwneud. Weithiau, pan oedd o ar ei feic, roedd Clem Clyfar yn smalio ei fod o'n marchogaeth ar gefn Pierce y ceffyl. Roedd y plant eraill yn edrych arno'n od pan oedd o'n galw 'iiiiiiii-ha!' wrth reidio'i feic i'r ysgol.)

Roedd Dilys a Derec wrth eu boddau yn gweld Clem Clyfar yn cyffroi – wedi'r cyfan, fo oedd y person clyfraf yn y byd*, ac roedd o'n siŵr o allu darganfod lle'r oedd y Gadair!

*Mae ci bach twp fy nghefnder yn glyfrach na Clem druan, ac mae ci bach twp fy nghefnder yn rhedeg ar ôl ei gynffon ei hun am oriau.

'Edrychwch draw fan'na!' meddai Clem Clyfar gan bwyntio at ochr draw'r maes. 'Ydych chi'n gweld y bobl yna efo'u bagiau anferth?'

Ac yn wir, roedd 'na lawer o bobl gyda bagiau enfawr, i gyd yn yr un siâp rhyfedd.

'Mae 'na hen ddigon o le yn un o'r bagiau yna i guddio cadair!' meddai Clem Clyfar.

'Wel dewch 'ta!' meddai Derec Dynamo. 'Awn ni draw i drio gweld ym mha un mae'r Gadair bwysig!'

'Na, na, na, arhoswch eiliad. Mae'n rhaid i ni fod yn GLYFAR am hyn. Awn ni draw i gael sgwrs efo nhw, a thrio darganfod pwy ydy'r mwyaf tebygol o fod yn lleidr ... 'Dan ni ddim am iddyn nhw ddianc cyn i ni gael cyfle i achub y Gadair!'

Felly edrychodd Trio ar y criw â'r bagiau rhyfedd, yn trio dyfalu pa un oedd wedi dwyn y Gadair. Roedd 'na gymaint o wahanol bobl yn y criw, roedd hi'n anodd iawn penderfynu pwy oedd y lleidr.

'Fo ydy'r un, dwi'n siŵr!' meddai Dilys Ddyfeisgar gan bwyntio. Roedd y dyn yn cario llwyth o fagiau trymion yn llawn crysau-T, llyfrau, picnic, ac roedd o'n cario babi (un bach snotlyd) ar ei gefn. 'Mae o'n edrych fel petai o angen cadair i eistedd arni.'

'Ond be am honna?' pwyntiodd Derec. Dynes dal, dal oedd yna, oedd yn gorfod edrych i lawr ar bawb wrth siarad efo nhw. Byddai hi 'run maint â phawb arall petai hi'n eistedd ar gadair. Roedd golwg eithaf unig arni, uwchben pawb ...

'Na! Dwi wedi datrys y broblem!' meddai Clem Clyfar. 'Mi wn i'n iawn pwy sydd wedi dwyn Cadair yr Eisteddfod!'

'Pwy?' gofynnodd Derec a Dilys fel côr llefaru.

'Fo!' Pwyntiodd Clem Clyfar yn bendant.

Syllodd Dilys a Derec. Edrychai fel dyn cwbl normal iddyn nhw.

'Sut yn y byd rwyt ti'n gwybod mai fo ydy'r lleidr?' gofynnodd Dilys mewn penbleth.

'Edrychwch ar ei ddwylo fo!'

Edrychai dwylo'r dyn fel dwylo pawb arall.

'Be amdanyn nhw?' mentrodd Derec.

'Maen nhw'n flewog!' cyhoeddodd Clem Clyfar, fel petai hynny'n esbonio popeth.

Oedd, roedd y dyn gyda'r bag mawr yn eithaf blewog. Roedd ganddo farf a mop enfawr o wallt coch tonnog, ac roedd ambell flewyn coch yn dod o'i drwyn a'i glustiau hefyd. Ac oedd, wedi edrych, roedd cefn ei ddwylo'n eithaf blewog.

'Ym ... Clem?' holodd Dilys yn ofalus. 'Dwi'n gwybod eu bod nhw'n dweud fod gan ladron ddwylo blewog ... Ond dwi'n meddwl mai dim ond dywediad ydy hynna, 'sti ...'

'Twt lol!' cyhoeddodd Clem Clyfar. 'Mae o'n gwbl wir! Mae gan bob lleidr ddwylo blewog – mae'n ffaith! Roedd gan Twm Siôn Cati, y lleidr pen-ffordd enwog, ddwylo anhygoel o flewog. Roedd y blew mor hir, roedd o'n eu plethu!

'Wyddoch chi, mae dwylo blewog lladron wedi bod yn ddefnyddiol iawn i'r heddlu. Mae 'na lawer un wedi baglu dros eu blew ar ôl dianc o siop lle maen nhw wedi dwyn bar o siocled neu baced o greision.'*

*Ddarllenwyr, fe wyddoch chi gystal â fi nad ydy hyn yn wir. Dydy cael dwylo blewog ddim yn golygu dim. Mae 'na lawer o bobl â dwylo blewog iawn na fyddai byth, byth yn dwyn unrhyw beth. Mae gan fy nghefnder Gwil fysedd mor flewog â chynffon ci, a dydy o heb ddwyn dim byd erioed.

Gan fod Trio bellach yn gwybod (neu'n MEDDWL eu bod nhw'n gwybod) pwy oedd y lleidr, brysiodd y tri draw at y criw mawr o bobl gyda'r bagiau enfawr. Martsiodd Clem Clyfar yn syth at y dyn â dwylo blewog.

'Lleidr!' bloeddiodd yn bowld yn wyneb y dyn.*

*Peidiwch BYTH â gwneud hyn, hyd yn oed os ydych chi'n dod o hyd i leidr go iawn. Mae o'n beth tu hwnt o dwp i'w wneud.

Stopiodd bawb i edrych ar Clem Clyfar mewn syndod.

'Be wnaethoch chi 'ngalw i?' gofynnodd y dyn-dwylo-blewog mewn syndod.

'LLEIDR!' meddai Clem eto. 'Mi wn i'n iawn be sydd yn y bag mawr yna ... CADAIR YR EISTEDDFOD!'

Camodd Clem Clyfar at y bag mawr siâp od, a phawb gerllaw yn ei wylio. Gyda gwên fawr ar ei wyneb, yn hollol siŵr ei fod o wedi dod o hyd i'r Gadair, agorodd y sip ar y bag.

'Y trychfil bach digywilydd!' poerodd y dyn. 'Fy nhelyn i ydy hwnna! Bagiau telyn ydy'r rhain i gyd!'

Roedd o'n llygad ei le, ac wrth i Clem weld y delyn yn y bag – a'r telynau oedd yn y bagiau eraill – aeth ei wyneb yn goch, goch.

'Ond mae dwylo blewog ganddoch chi!' mynnodd Clem, a thro'r dyn oedd hi i gochi.

'Ia ... Wel ...' Doedd y dyn ddim yn siŵr beth i'w ddweud. 'Nid fy mai i ydy hynny! Dwi YN eillio fy mysedd weithiau, ond mae'r blew yn tyfu'n ôl mor sydyn ...'

Roedd pob un o delynorion yr Eisteddfod yn flin iawn efo Trio am fod mor ddigywilydd, a bu'n rhaid i'r tri ddiflannu i'r dorf yn sydyn ...

Pennod 5

Erbyn hyn, roedd Trio yn teimlo'n ddigon diflas. Er eu bod nhw wrth eu boddau'n ceisio datrys dirgelwch, doedd hynny ddim yn gymaint o hwyl pan oedd popeth yn mynd o'i le, a dim gobaith o ddatrys dim byd o gwbl.

'Awn ni i garafán Anti Janet,' meddai Clem Clyfar yn ddigalon. 'Mae Mam yno yn cael paned, ac mae'n siŵr fod ganddi bop i ni.'

'Pwy a ŵyr?' meddai Derec yn obeithiol. 'Efallai y down ni o hyd i gliwiau ar y ffordd!'

Roedd y tri ar fin gadael maes yr Eisteddfod i fynd i'r maes carafannau pan roddodd Dilys floedd. 'Hei! Dwi wedi dod o hyd i rywbeth!'

Ar y llawr gorweddai teclyn rhyfedd iawn, ond edrychai Dilys yn llawn cyffro wrth ei weld. 'Mi wn i beth ydy hwn! A dwi am ei ddefnyddio i ddatrys dirgelwch y Gadair!' Ac aeth i'w bag i nôl ei chit.

Cit Dilys Ddyfeisgar oedd:

*Oferôls glas smotiog (wel, *onesie* oedd o a dweud y gwir, ac roedd o'n arogli fel selsig, am fod Dilys wedi colli ei brecwast arno un bore);

*Bocs o declynnau fel morthwylion, cŷn a channoedd o sgriws a hoelion. (Roedd popeth yn blastig, wrth gwrs, ac wedi dod gan gefnder bach Dilys – Ben, 5 oed – ar ôl iddo fynd yn rhy hen i chwarae â nhw.);

*Rhyw fath o helmed od, gyda gwydr clir er mwyn iddi allu gweld beth oedd yn digwydd. Roedd triongl yr Urdd ar yr ochr.

Cododd Dilys y ddyfais. Roedd pob math o fotymau arni, a sgrin fach hefyd.

'Be yn y byd ydi o?' holodd Derec.

'Aros am funud!' meddai Dilys. 'Dydy o'n dda i ddim rŵan, ond os ydw i'n gwneud ambell newid iddo, mi fydd o'n declyn anhygoel!'

Ymestynnodd Dilys i'w bag.

'Dyma Stwff Glas Electroawtomatig Gwyddonol,' meddai Dilys yn llawn difrif, wrth sticio ychydig o glai glas ar ran o'r teclyn.

'A dyma Hylif Proto-Magnetig sy'n cryfhau'r signal,' ychwanegodd, gan estyn am botyn bach o hylif coch o'i bag, ei agor, a phaentio diferyn o'r hylif ar ochr y teclyn gyda brws bach. Paent ewinedd roedd hi wedi dod o hyd iddo ar fwrdd pincio ei chwaer oedd o mewn gwirionedd, wrth gwrs.

'Ac yn olaf, dyma Ffon Niwtro-Amino Magnesiwm, sy'n mynd i roi pŵer i'r ddyfais ...' Aeth Dilys Ddyfeisgar i'w bag, a tharo'r teclyn dair gwaith gyda banana mawr melyn.

Syllodd Derec Dynamo a Clem Clyfar ar Dilys Ddyfeisgar gydag edmygedd llwyr. Roedd hi'n wyddonydd heb ei hail, mae'n rhaid!

'Dyna ni!' meddai Dilys Ddyfeisgar yn fuddugoliaethus.

'Ond ... Be ydy o?!' gofynnodd Derec yn ofalus.

'Ydy o ddim yn amlwg?' holodd Dilys Ddyfeisgar. 'Rydw i, Dilys Ddyfeisgar, newydd ddyfeisio'r peth unigryw, gwych, a defnyddiol yma – PEIRIANT COFNODI CELWYDDAU! Mae o'n anhygoel o beth. Mi fydd o'n gwneud sŵn bîp pan fydd rhywun yn dweud celwyddau. Edrychwch ar hyn.'

Cliriodd Dilys ei llwnc yn bwysig i gyd. 'FY ENW I YDY DILYS!'

Roedd y peiriant yn dawel. Gwenodd Dilys.

Dywedodd wedyn, 'FY ENW I YDY TATYSEN JONES!' Pwysodd Dilys fotwm ar y peiriant, a gwnaeth hwnnw sŵn bîp bach electronig.

'Waw!' meddai Derec Dynamo a Clem Clyfar. Roedd hyn yn anhygoel!*

47

*Rydych chi a finnau'n gwybod yn iawn nad ydy hyn yn anhygoel o gwbl. Roedd y peiriant yn gwneud sŵn pan oedd Dilys yn pwyso'r botwm, a doedd o ddim yn gwneud sŵn pan nad oedd hi'n pwyso'r botwm. Doedd o ddim yn gymleth. I ddweud y gwir, roedd o'n hollol wirion.

'Byddwn ni'n gallu defnyddio hwn i ddarganfod pwy sydd wedi dwyn Cadair yr Eisteddfod!' bloeddiodd Dilys Ddyfeisgar yn uchel, a throdd ambell berson i edrych ar y ferch yn y wisg od oedd yn dal teclyn bach fel petai'n drysor enfawr. 'Y cyfan sy'n rhaid i ni wneud ydy holi pawb yn yr Eisteddfod!'

Aeth Dilys at ddynes ifanc oedd â babi mewn pram. 'Ydy'ch babi chi'n ddel?' gofynnodd yn uchel.

'Wrth gwrs ei fod e!' atebodd y ddynes, yn flin fod unrhyw un wedi awgrymu NAD ei babi hi oedd yr un mwyaf del yn y byd.

Ond pwysodd Dilys fotwm.

Biiiiiiip ...

'Anghywir!' cyhoeddodd Dilys yn llawen. 'Mae'r peiriant yn dweud nad ydy'ch babi chi'n ddel!'

Symudodd Dilys at ddau gariad ifanc, a braidd yn swil. Aeth at y ferch a gofyn iddi, 'Wyt ti WIR yn licio steil gwallt y dyn ifanc yma?' Roedd ganddo wallt oedd yn hir yn y cefn, ac yn bigog fel draenog yn y blaen.

'Ew, ydw!' meddai'r ferch yn gariadus.

Biiiiiip ...

'Nagwyt, dwyt ti ddim!' meddai Dilys, cyn troi at y dyn ifanc. 'Paid â phoeni, mae 'na ddigon o bobl trin gwallt gwych iawn fydd yn gallu dy helpu di.'

'Chi!' Llamodd Dilys at ddyn pwysig iawn yr olwg. Roedd o'n edrych fel y math o ddyn oedd yn gweiddi ar blant swnllyd ac yn casáu gweld cathod yn dod i'w ardd. 'Ydych chi wedi dwyn Cadair yr Eisteddfod?'

'Dwyn? Fi?! BYTH!'

Brrrr Brrrr, Brrrr Brrrr ...

Syllodd Dilys Ddyfeisgar ar y peiriant mewn syndod. Doedd hi ddim wedi pwyso 'run botwm, ond roedd o'n gwneud mwy o sŵn nag erioed!

'Be mae'r sŵn yna'n ei olygu?' holodd Derec mewn penbleth.

'Mae'n dweud yn bendant ei fod o'n deud celwydd ENFAWR!' meddai Dilys Ddyfeisgar. Aeth wyneb y dyn yn goch, goch. 'Dyma fo! Lleidr ofnadwy Cadair yr Eisteddfod!'

Brrrr Brrrr, Brrrr Brrrr ...

'Pam fod o'n dal i wneud y sŵn yna?' gofynnodd Clem Clyfar, ac ar yr union eiliad yna, daeth dyn bach moel o'r dorf a chipio'r peiriant o law Dilys.

'Dyma fe!' meddai'r dyn yn biwis. 'Dwi wedi bod yn edrych am hwn! Pam fod 'na ddarn o glai glas arno? A streipen goch?'

'Ond ... Ond ... Peiriant Cofnodi Celwyddau ydy o!' meddai Dilys Ddyfeisgar yn wan.

'Nage wir! Fy ffôn i yw e! Dwi wedi bod yn chwilio ym mhobman amdano,' atebodd y dyn yn flin.

'Ond mae o'n rhy fawr i fod yn ffôn, ac mae'r sgrin yn fach, fach, ac mae 'na fotymau drosto i gyd ...'

'Efallai ei fod e'n ffôn hen ffasiwn, ond mae e'n fy siwtio i'n iawn!' Ysgydwodd y dyn ei ben yn ddig, a diflannodd i'r dorf gyda dyfais Dilys Ddyfeisgar yn ei law.

Pennod 6

Roedd Trio ar eu ffordd i garafán Anti Janet, ac yn teimlo'n ddigalon iawn. Fe fyddai wedi bod yn gymaint o hwyl dod o hyd i Gadair yr Eisteddfod. Ond roedd hi'n rhy hwyr bellach ...

Wrth i Trio adael y maes roedd torf fawr yn brysio i mewn, yn edrych ymlaen at Seremoni'r Cadeirio. Doedd dim syniad ganddyn nhw na fyddai 'na Gadair ar y llwyfan.

Roedd hi'n dawel yn y garafán hefyd. Roedd popeth yn binc ac yn fflwfflyd ynddi, ac er i Anti Janet wneud diod sgwosh i'r tri, roedd o'n llawer rhy wan. Roedd y bisgedi'n rhai heb siocled hefyd.

Doedd heddiw *ddim* yn ddiwrnod da.

'Ew sbïwch! Yr Archdderwydd! Tydy o'n edrych yn ddigalon?' meddai Anti Janet. Roedd yr Archdderwydd yn pasio'r garafán ar ei ffordd i Seremoni'r Cadeirio, ac yn ôl yr olwg brudd ar ei wyneb, doedd neb wedi dod o hyd i'r Gadair eto.

'Rhyfedd yntê? Seremoni'r Cadeirio ydy uchafbwynt yr wythnos! Mae'r Archdderwydd yn seléb heddiw – bydd PAWB yn ei wylio fo ar y teledu, am mai fo sy'n cael dweud wrth bawb pwy sydd wedi ennill y Gadair!' meddai mam Clem.

'Digon gwir,' cytunodd Anti Janet, gan sipian ei degfed paned ers ben bore. 'Mae PAWB o'r maes carafannau wedi mynd i'r seremoni.'

'Nid PAWB, Anti Janet,' sylwodd Clem Clyfar. Pwyntiodd drwy'r ffenest. 'Mae'r dyn drws nesaf yn dal yma.'

'Ydy o wir?' meddai Anti Janet, gan edrych. Roedd dyn tal, tywyll yn stelcian yn ffenest y garafán fawr drws nesaf. 'Wel, mae hynny YN od.'

'Pam felly?' holodd Dilys.

'Gronw ap Garnant ydy'r dyn yna. Mae o wrth ei fodd efo barddoniaeth a'r Eisteddfod. Dwi ddim yn meddwl ei fod o wedi methu'r 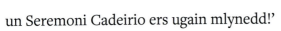 un Seremoni Cadeirio ers ugain mlynedd!'

Syllodd Trio ar ei gilydd. Roedd rhywbeth yn od iawn, iawn am hyn ...

54

'Mae o wedi bod yn ymddwyn yn rhyfedd, cofiwch. Fe ddaeth yn ôl o'r maes heddiw wedi prynu telyn, ond roedd o'n gwrthod ei dangos hi i mi!'

'Mae hynny YN od,' meddai mam Clem. 'Wyddwn i ddim ei fod o'n chwarae telyn.'

'Na finnau chwaith, ond roedd o'n ei chario hi'n ôl yn ofalus iawn i'r garafán mewn anferth o fag mawr du ...'

Doedd Trio ddim angen clywed 'run gair arall. Safodd y tri ar eu traed a rhuthro allan drwy ddrws y garafán.

'Nid telyn oedd honna!' meddai Clem Clyfar. 'Y Gadair oedd hi!'

Aeth y tri at ddrws y garafán a chnocio'n gadarn. Doedd dim ateb.

''Dan ni'n gwybod eich bod chi yna!' galwodd Dilys Ddyfeisgar. Agorodd y drws ryw fymryn, ac ymddangosodd wyneb Gronw ap Garnant.

'Be dach chi isio?' gofynnodd yn fyr ei amynedd.

'Gawn ni ddod i mewn?' gofynnodd Derec Dynamo.

'Na chewch wir! Ewch o 'ma!'

'Ond mae Anti Janet wedi rhoi bisgedi i ni roi i chi'n anrheg ...' meddai Dilys yn gyfrwys. Agorodd Gronw ap Garnant y drws yn llydan (doedd dim ots ganddo fo mai dim ond bisgedi diflas fyddai gan Anti Janet).

Gronw druan. Doedd o ddim wedi meddwl y byddai tri phlentyn – a'r rheiny'n blant digon od yr olwg – yn amau ei fod

o wedi dwyn Cadair yr Eisteddfod. Ond edrychodd Clem Clyfar drwy'r drws agored i gefn y garafán yn syth, a galw 'Dacw hi, y Gadair! Chi aeth â hi, Gronw ap Garnant!' Syllodd Gronw ar y tri mewn syndod, cyn i'w wyneb droi'n flin.

'Wel!' atebodd yn ddig. 'Pam NA ddyliwn i gael y Gadair?'

'Achos nad chi sydd wedi'i hennill hi, siŵr!' atebodd Derec Dynamo.

'Fi DDYLAI fod wedi ennill,' meddai Gronw, wrth i Trio ruthro heibio iddo i gael golwg fanylach ar y Gadair. Roedd hi'n un hardd iawn, gyda mynyddoedd ac adar bach wedi'u cerfio yn y pren. Welodd Trio erioed gadair mor dlws o'r blaen.

'Dyna pam wnaethoch chi ei dwyn hi? Am eich bod chi'n flin mai rhywun arall enillodd?' gofynnodd Dilys.

'Wnes i ddim ennill eleni, na'r llynedd, na'r un o'r ugain Eisteddfod diwethaf. Dydy o ddim yn deg!' Doedd Gronw ddim yn edrych yn flin mwyach. Roedd o'n edrych yn ddigalon. Yn ddigalon iawn.

'Ond dydy o ddim wir ots pwy sy'n ennill, nac ydy?' gofynnodd Clem Clyfar. 'Dwi'n un o bobl fwyaf clyfar y byd, ond dydw i erioed wedi ennill fawr ddim chwaith.'

'Mi wnest ti ennill hen focs o daffi mewn raffl yn yr ysgol,' nododd Derec Dynamo.

'Do, ond mi wnes i fwyta'r cyfan mewn un tro, a thaflu i fyny dros bob man. Dach chi'n gweld?' meddai'n garedig wrth Gronw. 'Mae ennill pethau'n gallu gwneud i chi chwydu'n frown dros eich sgidiau.'

'Os awn ni â'r Gadair yn ôl i faes yr Eisteddfod, efallai y byddwn ni'n achub Seremoni'r Cadeirio!' meddai Dilys.

'Ond ... Ond ... Dwi WIR eisiau'r Gadair yna,' meddai Gronw ap Garnant mewn llais bach.

'Wn i. Ond fe allwch chi gario 'mlaen i gystadlu bob blwyddyn. A phwy sydd angen cadair beth bynnag? Mae soffa'n llawer mwy cysurus.'

'A dach chi'n gallu gorwedd ar soffa,' ychwanegodd Derec yn glên.

'Iawn 'ta,' meddai Gronw gydag ochenaid. 'Ewch â'r Gadair. Dydw i ddim yn ei haeddu hi p'run bynnag.'

'Bydd rhaid i ni frysio!' meddai Clem Clyfar, a dechreuodd Trio gario Cadair yr Eisteddfod tuag at y maes.

Pennod 7

Roedd hi'n dywyll iawn ar lwyfan yr Eisteddfod. Roedd yr Archdderwydd wedi gofyn i'r goleuadau gael eu cadw'n isel, isel. Roedd o mewn panig, druan bach ... A hynny am fod Cadair yr Eisteddfod yn dal ar goll. Roedd y seremoni am fod yn siom fawr.

Syllodd ar yr holl wynebau yn y dorf yn edrych arno'n ddisgwylgar. Roedd pawb yn ysu i gael gwybod pwy oedd wedi ennill – pwy oedd y Prifardd? Ond beth oedd Prifardd heb Gadair? O bobl bach, roedd hyn yn mynd i fod yn OFNADWY unwaith i'r golau godi, ac unwaith i bawb weld fod y llwyfan yn wag.

Roedd yr Archdderwydd yn poeni nes ei fod o'n teimlo'n sâl wrth i'r beirniad godi i ddweud ei ddweud ... A phan ddywedodd y beirniad mai ffugenw'r bardd buddugol oedd Trôns Iâr, gwyddai'r Archdderwydd fod yr amser bron â dod.

'Ar ganiad y Corn Gwlad, a wnaiff Trôns Iâr, a Trôns Iâr yn unig, godi ar ei thraed, neu ei draed.' Camodd dau ddyn allan o'r cysgodion a chanu'r Cyrn Gwlad. 'Dy-dy-ry, dy-dy-ry, dy-dy-ryyyy, dy-dy-ry, dy-dy-ry, dyn dyn dyn dyyyyyyn.'

Ar ôl munud neu ddau o dawelwch, cododd y Prifardd ynghanol y dorf. Roedd hi'n gwenu fel giât. Fydd hi ddim mor hapus o weld bod ganddi ddim Cadair, meddyliodd yr Archdderwydd. Ac yna, cododd y golau ar y llwyfan.

Syllodd y dorf mewn syndod. Roedd hyn yn anhygoel! Beth yn y byd ...?

O ochr y llwyfan, roedd Trio'n gwylio popeth, a gwên fawr ar eu hwynebau. Am antur! Am hwyl! Diolch byth, roedd y tri wedi llwyddo unwaith eto i achub y dydd. Cael a chael oedd hi, ond yno, ar ganol y llwyfan, safai'r Gadair hardd.

Ond roedd mwy na chadair, hefyd.

Achos roedd Clem, Dilys a Derec wedi penderfynu bod y Prifardd yn haeddu mwy na dim ond cadair. Yn ei hymyl, roedd bwrdd bach (gyda bisgedi Anti Janet ar blât bach arno). Roedd mat bach lliwgar o'i blaen mewn patrwm ffwr teigr, a phâr o slipers fflwfflyd porffor arno. Ac roedd 'na deledu mawr hefyd, fel bod y Prifardd yn gallu gwylio'i hun ar S4C.

Roedd hynny, meddyliodd Trio, yn llawer gwell na dim ond cadair.

Pennod 8

Roedd pawb yn dathlu yn yr Eisteddfod y pnawn hwnnw, ac er bod y Prifardd newydd (dynes annwyl iawn o'r enw Lleucu) yn cael llawer iawn o sylw, roedd Trio yn cael eu siâr hefyd. Erbyn hyn, gwyddai pawb yr hanes am y Gadair yn cael ei dwyn, a'r ffordd roedd Clem Clyfar, Dilys Ddyfeisgar a Derec Dynamo wedi'i chael yn ôl.

'Sut mae'n teimlo i fod yn arwyr?' gofynnodd Alun Puw. Cyflwynydd radio oedd o, ac roedd o'n wên i gyd wrth roi meicroffon dan drwyn Trio. (Roedd mam Clem yn wên i gyd hefyd, achos roedd hi'n gwrando ar raglen radio Alun Puw bob bore, a byddai weithiau'n meddwl am ei lais melfedaidd a'i chwerthiniad cyfeillgar wrth iddi weithio neu goginio.)

'Wel, nid dyma'r tro cyntaf i ni achub y dydd,' atebodd Clem Clyfar. 'Ond mae o dal yn deimlad hyfryd. Diolch byth ein bod ni mor glyfar.'

'A chryf,' ychwanegodd Derec Dynamo.

'A dyfeisgar,' meddai Dilys Ddyfeisgar. Edrychodd Alun Puw ar y tri gyda gwên. Roedd o'n cwrdd â llawer o bobl, ond doedd o ddim yn meddwl ei fod o wedi cyfarfod â neb oedd yn gwisgo trôns dros ei drowsus o'r blaen.

Addawodd yr Archdderwydd y byddai Trio'n cael dod i'r Eisteddfod am ddim am byth, gan eu bod nhw wedi achub y Seremoni. Er ei fod o'n fodlon ystyried awgrym Trio fod angen mwy na dim ond cadair ar y Prifardd o hyn ymlaen (cwpwrdd dillad, efallai, neu feic llonydd i'r bardd gael ymarfer corff), doedd o ddim yn meddwl ei fod o am gael soffa yn hytrach na chadair. Doedd hynny ddim yn draddodiadol.

'Am sbort!' meddai Dilys Ddyfeisgar, wrth i'r tri fwynhau llond cwpan o fferins gan Lleucu. 'Ro'n i'n meddwl na fydden ni'n llwyddo heddiw, wyddoch chi.'

'Roedd hi'n agos iawn,' cytunodd Derec Dynamo. 'Diolch byth ein bod ni wedi mynd i garafán Anti Janet!'

'Wrth gwrs ein bod ni'n mynd i lwyddo!' meddai Clem Clyfar yn hyderus. 'Ni ydy Trio! Mae 'na dri ohonom ni, a 'dan ni'n trio bob amser!'

'Roedd gen i bechod dros Gronw ap Garnant, cofiwch,' meddai Derec Dynamo. 'Mi wn i ei fod o wedi gwneud peth drwg iawn yn dwyn y Gadair, ond roedd o'n ofnadwy o ddigalon, doedd.'

'Fyddwn i ddim yn poeni gormod amdano fo,' gwenodd Dilys. 'Edrychwch.'

Edrychodd y tri draw, a gweld Gronw ap Garnant yn adrodd cerdd roedd o wedi'i hysgrifennu i Anti Janet. Roedd golwg od iawn arni hi – roedd gwên lydan ar ei hwyneb, a'i llygaid yn fawr ac yn sgleiniog. Ar ôl iddo orffen darllen ei gerdd,

cymeradwyodd Anti Janet fel petai newydd glywed y band roc
gorau yn y byd.*

*Y band roc gorau yn y byd, rhag ofn eich bod chi'n pendroni,
ydy band o'r nawdegau o'r enw Angladd Huwcyn.

'Trio!' bloeddiodd Gronw ap Garnant. 'Arwyr y dydd. Mae
pawb yn siarad amdanoch chi!'

Gwenodd Trio. Roedd hynny'n
ddigon gwir.

'A neb,' sibrydodd Gronw, 'yn
siarad amdana i. Diolch, bois.'

Roedd Trio wedi awgrymu mai dod o hyd i'r Gadair yng nghornel y maes parcio wnaethon nhw. Doedd neb angen gwybod mai Gronw ap Garnant oedd y lleidr, a beth bynnag, roedd o'n difaru'n ofnadwy iddo wneud peth mor wirion.

'Mae gen i gerdd i chi!' cyhoeddodd Gronw, a throdd pawb i edrych wrth iddo adrodd y gerdd ar faes yr Eisteddfod. Gwenai'r haul, roedd pawb yn ffrindiau, a Lleucu'r Prifardd yn llawen. Unwaith eto, Trio oedd wedi achub y dydd.

'A glywsoch chi'r hanes am Trio?

Tri ffrind sydd byth, byth yn blino,

Yn gweithio yn galed

A thrio hyd syrffed

(Ond ddim yn rhai gwych iawn am gneifio.)*

68

*Roedd Gronw ap Garnant yn ofnadwy am ddod o hyd i'r gair iawn i odli ar ddiwedd pennill. Dydy'r llinell yna am gneifio, er enghraifft, ddim yn gwneud llawer o synnwyr. Mae pethau'n gwaethygu, gewch chi weld.

Y cryfaf o fechgyn mawr Cymru,

Y gorau un am ofalu,

Derec Dynamo

Yw ei enw fo,

A dydy o byth, byth yn brefu. *

*Dach chi'n gweld be dwi'n feddwl? Mae o'n ofnadwy, tydy? Mae'r ail linell yn ddigon drwg, ond am yr un olaf ... Mam bach.

Merch beniog iawn ydy Dilys,

Mae hi'n benigamp am ddatrys.

Pan fydd hi'n dyfeisio

Mae pob un yn dotio,

Ac mae ganddi hen ddigon o fatris.*

*Batris? BATRIS?! Byddai babi bach fy Anti Jên yn gallu ysgrifennu gwell cerdd na hon.

Gadewch i mi ddweud hanes Clem,

Mae'n gwybod pob dim am bob eitem,

Mae'n wych iawn am arwain,

Mae'n glyfrach nag Einstein,

Mae'n gwybod pob gair i bob anthem.*

*Mae hyn yn wirion, a dydy o ddim yn wir chwaith.

Hwrê! Hwrê i Trio!

Diolch byth, fe gafwyd cadeirio!

Mae popeth yn wych,

Mae'r tywydd yn sych,

Maen nhw'n well na brechdan domato!*

*Gobeithio i chi fwynhau'r llyfr yn fwy na'r gerdd ofnadwy yna.

Dyma eich cyfle i fwynhau anturiaethau eraill Derec Dynamo, Dilys Ddyfeisgar a Clem Clyfar – Trio!

Cyfres o lyfrau ar gyfer darllenwyr ifanc sy'n mwynhau darllen am anturiaethau'r criw enwog. Pleser pur!